倫敦雜記

朱自清著

開明文學新刊

目次

自序

一九三一到一九三二年承國立清華大學給予休假的機會，得在歐洲住了十一個月，其中在英國住了七個月。回國後寫過一本歐遊雜記，專記大陸上的遊蹤。在英國的見聞，原打算另寫一本，比歐遊雜記要多些。但只寫成九篇就打住了。現在開明書店惠允印行；因爲這九篇都只寫倫敦生活，便題爲倫敦雜記。

當時自己覺得在英國住得久些，尤其是倫敦這地方，該可以寫得詳盡些。動手寫的時候，雖然也參考貝代克的倫敦指南，但大部分還是憑自己的經驗和記憶。可是動手寫的時候已經在回國兩三年之後，記憶已經不夠新鮮的，興趣也已經不夠活潑的。——自己卻總還認眞的寫下去。有一天，看見華北日報上有記載倫敦拉衣恩司公司的文字，著者的署名已經忘記。自己在「吃的」那一篇裏也寫了拉衣恩司食堂；但看了人家源源本本的敍述，慙愧自己知道的真太少。從此便有擱筆之意，寫得就慢了。抗戰後才真擱了筆。

不過在英國的七個月畢竟是我那旅程中最有意思的一段兒。承柳無忌先生介紹，我能以住到歇卜士太太家去。這位老太太如「房東太太」那篇所記，不但是我們的房東，而且成了我們的忘年朋友。她的風趣增加我們在異國旅居的意味。「聖誕節」那篇所記的聖誕節，就是在她家過的。那加爾東尼市場，也是她說給我的。她現在不知怎樣了，但願還活着！倫敦的文人宅，我是和李健吾先生同去的。他那時從巴黎到倫敦頑兒。有了他對於那些文人的深切的嚮往，才引起我訪古的雅興。這個也應該感謝。

在英國的期間，趕上莎士比亞故鄉新戲院落成。我和劉崇鋐先生，陳麟瑞先生，柳無忌先生夫婦，同趕到「愛文河上的斯特拉福特」去「躬逢其盛」。我們連看了三天戲。那幾天看的，走的，吃的，住的，樣樣都有意思。莎翁的遺跡觸目皆是，使人思古的幽情油然而生。而那安靜的城市，安靜的河水，親切的旅館主人，親切的旅館客人，也都使人樂於住下去。至於那新戲院，立體的作風，簡樸而精雅，不用說是值得盤桓的。我還趕上阿麗思漫游奇境記的作者加樂爾的紀念——記得當時某刊物上登着那還活着的眞的阿麗思十三歲時的小影。而泰晤士報舉行紀念，登載「倫敦的五十年」的文字，也在這時候。其中一篇寫五十年來的男女社交，最惹起人今昔之感。這些我本打算都寫在我的雜記裏。我的擬目比寫出的要多一半。其中有關於倫敦的戲的，我特別要記吉爾伯特和瑟利文的輕快而活潑的小歌劇。還有一篇要記高斯華綏的讀詩會。——那回讀詩會是動物救濟會主辦的。當場有一個工人背出高斯華綏「法網」那齣戲裏的話責問他，說他有錢了，就不管正義了。他打住了一下，向全場從容問道，「諸位女士，諸位先生，你們要我讀完麼」？那工人終於呧咕着走了。——但是我知道的究竟太少，也許還是藏拙爲佳。

寫這些篇雜記時，我還是抱着寫歐遊雜記的態度，就是避免「我」的出現。「身邊瑣事」還是沒有，浪漫的異域感也還是沒有。並不一定討厭這些。只因新到異國還摸不着頭腦，又不曾交往異國的朋友，身邊一些瑣事差不多都是國內帶去的，寫出來無非老調兒。異域感也不是沒有，只因已入中年，不夠浪漫的。爲此只能老老實實寫出所見所聞，像新聞的報道一般；可是寫得太認眞，又不能像新聞報道那麽輕快，眞是無可如何的。遊記也許還是讓「我」出現，隨便些的好；但是我已經來不及了。但是這九篇裏寫活着的人的比較多些，如「乞丐」「聖誕節」「房東太太」，也許人情要比歐遊雜記裏多些罷。

這九篇裏除「公園」「加爾東尼市場」「房東太太」三篇外，都曾登在中學生雜誌上。那時開明書店就答應我出版，並且已經在隨排隨等了。記得「七七」前不久開明的朋友還來信催我趕快完成這本書，說免得彼此損失。但是抗戰開始了，開明的印刷廠讓敵人的炮火毀了，那排好的雜記版也就跟着葬在灰裏了。直到前些日子，在舊書堆裏發現了這九篇稿子。這是抗戰那年從北平帶出來的，跟着我走了不少路，陪着我這幾年——有一篇已經殘缺了。我重讀這些文字，不免懷舊的感慨，又記起和開明的一段因緣，就交給開明印。承他們答應了，那殘缺的一篇並已由葉聖陶先生設法鈔補，感謝之至！只可惜圖片印不出，恐怕更會顯出我文字的笨拙來，這是很遺憾的。

朱自清，三十二年三月，昆明。

三家書店

倫敦賣舊書的鋪子，集中在切林克拉斯路（Charing Cross Road），那是熱鬧地方，頂容易找。路不寬，也不長，只這麼彎彎的一段兒；兩旁不短的是書，玻璃窗裏齊齊整整排着的，門口攤兒上亂烘烘擺着的，都有。加上那徘徊在窗前的，圍繞着攤兒的，看書的人，到處顯得擁擁擠擠，看過去路便更窄了。攤兒上看最痛快，隨你翻，用不着「勞駕」「多謝」；可是讓風吹日曬的到底沒什麼好書，要看好的還得進鋪子去。進去了有時也可隨便看，隨便翻，但用得着「勞駕」「多謝」的時候也有；不過愛買不買，決不至於遭白眼。說是舊書，新書可也有的是；只是來者多數爲的舊書罷了。

最大的一家要算福也爾(Foyle)，在路西；新舊大樓隔着一道小街相對着，共佔七號門牌，都是四層，舊大樓還帶地下室——可並不是地窨子。店裏按着書的性質分二十五部；地下室裏滿是舊文學書。這爿店二十八年前本是一家小鋪子，只用了一個店員；現在店員差不多到了二百人，藏書到了二百萬種，倫敦的晨報稱爲「世界最大的新舊書店」。兩邊店門口也擺着書攤兒，可是比別家的大。我的一本袖珍歐洲指南，就在這兒從那穿了滿染着書塵的工作衣的店員手裏，用半價買到的。在攤兒上翻書的時候，往往看不見店員的影子；等到選好了書四面找他，他卻從不知那一個角落裏鑽出來了。但最値得流連的還是那間地下室；那兒有好多排書架子，地上還東一堆西一堆的。乍進去，好像掉在書海裏；慢慢地才找出道兒來。屋裏不夠亮，土又多，離窗戶遠些的地方，白日也得開燈。可是看得自在；他們是早七點到晚九點，你待個幾點鐘不在乎，一天去幾趟也不在乎。只有一件，不可着急。你得像逛廟會逛小市那樣，一半玩兒，一半當眞，翻翻看看，看看翻翻；也許好幾回碰不見一本合意的書，也許霎時間到手了不止一本。

開鋪子少不了生意經，福也爾的卻頗高雅。他們在舊大樓的四層上留出一間美術館，不時地展覽一些畫。去看不花錢，還送展覽目錄；目錄後面印着幾行字，告訴你要買美術書可到館旁藝術部去。展覽的畫也並不壞，有賣的，有不賣的。他們又常在館裏舉行演講會，講的人和主席的人當中，不缺少知名的。聽講也不用花錢；只每季的演講程序表下，「恭請你注意組織演講會的福也爾書店」。還有所謂文學午餐會，記得也在館裏。他們請一兩個小名人做主角，隨便誰，納了餐費便可加入；英國的午餐很簡單，費不會多。假使有閒工夫，去領略領略那名雋的談吐，倒也值得的。不過去的卻並不怎樣多。

牛津街是倫敦的東西通衢，繁華無比，街上呢絨店最多；但也有一家大書鋪，叫做彭勃思（Bumpus）的便是。這鋪子開設於一七九〇年左右，原在別處；

一八五〇年在牛津街開了一個分店，十九世紀末便全挪到那邊去了，維多利亞時代，店主多馬斯彭勃思很通聲氣，來往的有迭更斯，蘭姆，麥考萊，威治威斯等人；鋪子就在這時候出了名。店後本連着舊法院，有看守所，守衞室等，十幾年來都讓店裏給買下了。這點古跡增加了人對於書店的趣味。法院的會議廳現在專作書籍展覽會之用；守衞室陳列插圖的書，看守所變成新書的貨棧。但當日的光景還可從一些畫裏看出：如十八世紀羅蘭生（Rowlandson）所畫守衞室內部，是晚上各守衞提了燈準備去查監的情形，瞧着很忙碌的樣子。再有一個圖，畫的是一七二九的一個守衞，神氣夠兒的。看守所也有一幅畫，磚砌的一重重大拱門，石板鋪的地，看守室的厚木板門嚴嚴鎖着，只留下一個小方窗，還用十字形的鐵條界着；眞是銅牆鐵壁，插翅也飛不出去。

這家鋪子是五層大樓，卻沒有福也爾家地方大。下層賣新書，三樓賣兒童書，外國書，四樓五樓賣廉價書；二樓賣絕版書，難得的本子，精裝的新書，還有聖經，祈禱書，書影等等，似乎是菁華所在。他們有初印本，精印本，著者自印本，著者簽字本等目錄，搜羅甚博，福也爾家所不及。新書用小牛皮或摩洛哥皮（山羊皮——羊皮也可仿製）裝訂，燙上金色或別種顏色的立體派圖案；稀疏的幾條平直線或弧線，還有「點兒」，錯綜着配置，透出乾淨，利落，平靜，顯豁，看了心目清朗。裝訂的書，數這兒講究，別家書店裏少見。書影是仿中世紀的鈔本的一葉，大抵是禱文之類。中世紀鈔本用黑色花體字，文首第一字母和葉邊空處，常用藍色金色畫上各樣花飾，典麗矞皇，窮極工巧，而又經久不變；仿本自然說不上這些，只取其也有一點古色古香罷了。

一九三一年裏，這鋪子舉行過兩回展覽會，一回是劍橋書籍展覽，一回是近代插圖書籍展覽，都在那「會議廳」裏。重要的自然是第一回。牛津劍橋是英國最著名的大學；各有印刷所，也都著名。這裏從前展覽過牛津書籍，現在再展覽劍橋的，可謂無遺憾了。這一年是劍橋目下的辟特印刷所（The Pitt Press）奠基百年紀念，展覽會便爲的慶祝這個。展覽會由鼎鼎大名的斯密茲將軍（General Smuts）開幕，到者有科學家詹姆士金斯（James Jeans），亞特愛丁頓（Arthur Eddington），還有別的人。展覽分兩部，現在出版的書約莫四千冊是一類；另一類是歷史部分。劍橋的書字型清晰，墨色勻稱，行款合式，書扉和書衣上最見工夫；尤其擅長的是算學書，專門的科學書。這兩種書需要極精密的技巧，極仔細的校對；劍橋是第一把手。但是這些東西，還有他們印的那些冷僻的外國語書，都賣得少，賺不了錢。除了是大學印刷所，別家大概很少願意承印。劍橋又承印聖經；英國准印聖經的只劍橋牛津和王家印刷人。斯密茲說劍橋就靠聖經和教科書賺錢。可是泰晤士報社論中說現在印聖經的責任重大，認眞地考究地印，也只能夠本罷了。——一五八八年英國最早的聖經便是由劍橋承印的。

英國印第一本書，出於倫敦威廉甲克司登（William Caxton）之手，那是一四七七年。到了一五二一，約翰席勃齊（John Siberch）來到劍橋，一年內印了八本書；劍橋印刷事業才創始。八年之後，大學方面因爲有一家書紙店與異端的新教派勾結，怕他們利用書籍宣傳，便呈請政府，求英王核准在劍橋只許有三家書鋪，讓他們宣誓不賣未經大學檢查員審定的書。那時英王是亨利第八；一五三四年頒給他們勅書，授權他們選三家書紙店兼印刷人，或書鋪，「印行大學校長或他的代理人等所審定的各種書籍」。這便是劍橋印書的法律根據。不過直到一五八三年，他們才眞正印起書來。那時倫敦各家書紙店有印書的專利權，任意抬高價錢。他們妬忌劍橋印書，更恨的是賣得賤。恰好一六二〇年劍橋翻印了他們一本文法書，他們就在法庭告了一狀。劍橋師生老早不樂意他們抬價錢，這一來更憤憤不平；大學副校長第二年乘英王詹姆士第一上新市場去，半路上就遞上一件呈子，附了一個比較價目表。這樣小題大做，眞有些書獃子氣。王和諸大臣商議了一下，批道，我們現在事情很多，沒工夫討論大學與諸家書紙店的權益；但准大學印刷人出售那些文法書，以救濟他的支絀。這算是碰了個軟釘子，可也算是勝利。那呈子，那批，和上文說的那本聖經都在這一回展覽中。席勒齊印的八本書也有兩種在這裏。此外還有一六二九年初印的定本聖經，書扉雕刻繁細，手藝精工之極。又密爾頓力息達斯（Lycidas）的初本也在展覽着，那是經他親手校改過的。

近代插圖書籍展覽，在聖誕節前不久，大約是讓做父母的給孩子們多買點節禮吧。但在一個外國人，卻也值得看看。展覽的是七十年來的作品，雖沒有什麼系統，在這裏卻可以找着各種美，各種趨勢。插圖與裝飾畫不一樣，得吟味原書的文字，透出自己的機鋒。心要靈，手要熟，二者不可缺一。或寫實，或想像，因原書情境，畫人性習而異。——童話的插圖卻只得憑空着筆，想像更自由些；在不自由的成人看來，也許別有一種滋味。看過趙譯阿麗思漫遊奇境記裏譚尼爾(John Tenniei) 的插畫的，當會有同感吧。——所展覽的，幽默，秀美，粗豪，典重，各擅勝場，琳瑯滿目；有人稱為「視覺的音樂」，頗為近之。最有味的，同一作家，各家插畫所表現的却大不相同。譬如莪默伽亞謨(Omar Khayyam)，涉士比亞，幾乎在一個人手裏一個樣子；展覽會裏書多，比較着看方便，可以擴充眼界。插圖有「黑白」的，有彩色的；「黑白」的多，爲的省事省錢。就黑白畫而論，從前是雕版，後來是照相；照相雖然精細，可是失掉了那種生力，只要拿原稿對看就會覺出。這兒也展覽原稿，或是鋼筆畫，或是水彩畫；不但可以「對看」，也可以讓那些藝術家更和我們接近些。觀察報記者記這回展覽會，說插圖的書，字往往印得特別大，意在和諧；却實在不便看。他主張書與圖分開，字還照尋常大小印。他自然指大本子而言。但那種「和諧」其實也可愛；若說不便，這種書原是讓你慢慢玩賞的，那能像讀報一樣目下數行呢。再說，將配好了的對兒生生拆開，不但大小不稱，怕還要多花錢。

詩籍鋪（The Poetry Bookshop）眞是米米小，在一個大地方的一道小街上。

「叫名」街，實在一條小胡同吧。門前不大見車馬，不說；就是行人，一天也只寥寥幾個。那道街斜對着無人不知的大英博物院；街口釘着小小的一塊字號木牌。初次去時，人家教在博物院左近找。問院門口守衛，他不知道有這個鋪子，問路上戴着常禮帽的老者，他想沒有這麽一個鋪子；好容易才找着那塊小木牌，眞是「遠在天邊，近在眼前」。這鋪子從前在另一處，那才冷僻，連斐歹克的地圖上都沒名子，據說那兒是一所老宅子，才眞夠詩味，挪到現在這樣平常的地帶，未免太可惜。那時候美國游客常去，一個原因許是美國看不見那樣老宅子。

詩人赫洛德孟羅 (Harold Monro) 在一九一二年創辦了這片詩籍鋪。用意在讓詩與社會發生點切實的關係。孟羅是二十多年來倫敦文學生涯裏一個要緊角色。從一九一一給詩社辦詩刊 (Poetry Review) 起知名。在第一期裏，他說，「詩與人生的關係得再認眞討論，用於別種藝術的標準也該用於詩。」他覺得能做詩的該做詩，有困難時該幫助他，讓他能做下去；一般人也該念詩，愛用詩。

爲了前一件，他要自辦雜誌，爲了後一件，他要辦讀詩會；爲了這兩件，他辦了詩籍鋪。這鋪子印行過喬治詩選(Georgian Poetry)，喬治是現在英王的名字，意思就是當代詩選，所收的都是代表作家。第一册出版，一時風靡，買詩念詩的都多了起來；社會確乎大受影響。詩選共五册；出第五册時在一九二二，那時喬治詩人的詩興卻漸漸衰了。一九一九到二五年鋪子裏又印行「市本」月刊（The Chapbook）登載詩歌，評論，木刻等，頗多新進作家。

讀詩會也在鋪子裏；星期四晚上準六點鐘起，在一間小樓上。一年中也有些時候定好了沒有。從創始以來，差不多沒有間斷過。前前後後著名的詩人幾乎都在這兒讀過詩：他們自己的詩，或他們喜歡的詩。入場劵六便士，在英國算賤，合四五毛錢。在倫敦的時候，也去過兩囘。那時孟羅病了，不大能問事，鋪子裏頗爲黯淡。兩囘都是他夫人愛立達克萊曼答斯基（Alida Klementaski）讀，說是找不着別人。那間小樓也容得下四五十位子，兩囘去，人都不少；第二囘滿了座，而且幾乎都是女人——還有挨着牆站着聽的。屋內只讀詩的人小桌上一盞藍罩子的桌燈亮着，幽幽的。她讀濟慈和別人的詩，讀得很好，口齒既清楚，又有頓挫，內行說，能表出原詩的情味。英國詩有兩種讀法，將每個重音咬得清清楚楚，頓挫的地方用力，和說話的調子不相像，約翰德林瓦特 (John Drinkwater) 便主張這一種。他說，讀詩若用說話的調子，太隨便，詩會跑了。但是參用一點兒，像克萊曼斯基女士那樣，也似乎自然流利，別有味道。這怕要看什麼樣的詩，什麼樣的讀詩人，不可一概而論。但英國讀詩：除不吟而誦，與中國根本不同之外，還有一件：他們按着文氣停頓，不按着行，也不一定按着韻脚。這因爲他們的詩以輕重爲節奏，文句組織又不同，往往一句跨兩行三行，卻非作一句讀不可，韻脚便只得輕輕地滑過去。讀詩是一種才能，但也需要訓練；他們注重這個，訓練的機會多，所以是詩人都能來一手。

鋪子在樓下，只一間，可是和讀詩那座樓遠隔着一條甬道。屋子有點黑，四壁是書架，中間桌上放着些詩歌篇子（Sheets），木刻畫。篇子有寬長兩種，印着詩歌，加上些彩畫星的畫，是給大人和孩子玩兒的。跨角兒上一張賬桌小，坐着一個戴近視眼鏡的，和藹可親的，圓臉的中年婦人。桌前裝着火爐，爐旁蹲着一隻大白獅子貓，和女人一樣胖。有時也遇見克萊曼斯基女士，匆匆地來匆匆地去。孟羅死在一九三二年三月十五日。第二天晚上到鋪子裏去，看見兩個年輕人在和那女人司賬說話；說到詩，說到人生，都是哀悼孟羅的。話音很悲傷，却如清泉流瀉，差不多句句像詩；女司賬說不出什麼，唯唯而已。孟羅在日最盡力於詩人文人的結合，他老讓各色的才人聚在一塊兒。又好客，家裏爐旁（英國終年有用火爐的時候）常有許多人聚談，到深夜才去。這兩位青年的傷感不是偶然的。他的鋪子可是賺不了錢；死後由他夫人接手，勉強張羅，現在許還開着。

文人宅

杜甫最能行云，「老道士無英俊才，何得山有屈原宅？」水經注，秭歸「縣北一百六十里有屈原故宅，累石爲屋基」。看來只是一堆爛石頭，杜甫不過說得嘴響吧了。但代遠年湮，渺茫也是當然。往近裏說，孽海花上的「李純客」就是李慈銘，書裏記着他自撰的楹聯，上句云，「保安寺街藏書一萬卷」；但現在走過北平保安寺街的人，誰知道那一所屋子是他住過的？更不用提屋子裏怎麼個情形，他住着時怎麼個情形了。要憑弔，要留連，只好在街上站一會兒出出神而已。

西方人崇拜英雄可眞當回事兒，名人故宅往往保存得好。譬如莎士比亞吧，老宅子，新宅子，太太老太太宅子，都好好的；連傢具什物都存着。莎士比亞也許特別些，就是別人，若有故宅可認的話，至少也在牆上用木牌標明，讓訪古者有低徊之處；無論宅裏住着人或已經改了鋪子。這回在倫敦所見的四文人宅，時代近，宅內情形比莎士比亞的還好；四所宅子大概都由私人捐款收買，布置起來，再交給公家的。

約翰生博士（Samuel Johnson, 1709-1784）宅，在舊城，是三層樓房，在一個小方場的角上，靜靜的。他一七四八年進宅，直住了十一年；他太太死在這裏。他和助手就在三層樓上小屋裏編成了他那部大字典。那部寓言小說（allegorical novel）刺塞拉斯（Rasselas）大概也在這屋子裏寫成；是晚上寫的，只寫了一禮拜，爲的要付母親下葬的費用。屋裏各處，如門堂，複壁板，樓梯，碗櫥，廚房等，無不古氣盎然。那著名的大字典陳列在樓下客室裏；是第三版，厚厚的兩大册。他編著這部字典，意在保全英語的純粹，並確定字義；因爲當時作家採用法國字的實在太多了。字典中所定字義有些很幽默：如「女詩人，母詩人也」，

(she-poet，蓋準she-goat——母山羊——字例)又如「燕麥，穀之一種，英格蘭以飼馬，而蘇格蘭則以爲民食也」，都夠損的。——倫敦約翰生社便用這宅子作會所。

濟茲(John Keats, 1795-1821)宅，在市北漢姆司台德區(Hampstead)。他生卒雖然都不在這屋子裏，可是在這兒住，在這兒戀愛，在這兒受人攻擊，在這兒寫下不朽的詩歌。那時漢姆司台德區還是鄉下，以風景著名，不像現時人烟稠密。濟茲和他的朋友布朗(Charles Armitage Brown)同住。屋後是個大花園，綠草繁花，靜如隔世；中間一棵老梅樹，一九二一年乾死了，榦子還在。據布朗的追記，濟茲夜鶯歌似乎就在這棵樹下寫成。布朗說，「一八九一年春天，有隻夜鶯做窠在這屋子近處。濟茲常靜聽它歌唱以自怡悅；一天早晨喫完早飯，他端起一張椅子坐到草地上梅樹下，直坐了兩三點鐘。進屋子的時候，見他拿着幾張紙片兒，塞向書後面去。問他，才知道是歌詠我們的夜鶯之作」。這里說的梅樹，也許就是花園裏那一棵 但是屋前還有草地，地上也是一棵三百歲老桑樹，枝葉扶疏，至今結桑椹；有人想夜鶯歌也許在這棵樹下寫的。濟茲的好詩在這宅子裏寫的最多。

他們隔壁住過一家姓布龍（Brawne）的。有位小姐叫凡耐（Fanny），讓濟茲愛上了，他倆訂了婚，他的朋友頗有人不以爲然，爲的女的配不上；可是女家也大不樂意，爲的濟茲身體弱，又像風風顛顛的。濟茲自己寫小姐道：「她個兒和我差不多——長長的臉蛋兒——多愁善感——頭梳得好——鼻子不壞，就是有點小毛病——嘴有壞處有好處——臉側面看好，正面看，又瘦又少血色，像沒有骨頭。身架苗條，姿態如之——肐膊好，手差點兒——脚還可以——她不止十七歲，可是天真爛漫——舉動奇奇怪怪的，到處跳跳蹦蹦，給人編譯名，近來愣叫我『自美自的女孩子』——我想這並非生性壞，不過愛鬧一點漂亮勁兒吧了」。

一八二〇年二月，濟茲從外面回來，吐了一口血。他母親和三弟都死在癆病上，他也是個癆病底子；從此便一天壞似一天。這一年九月，他的朋友賽梵(Joseph Severn) 伴他上羅馬去養病；次年二月就死在那裏，葬新教墳場，才二十六歲。現在這屋子裏陳列着一圈頭髮，大約是賽梵在他死後從他頭上剪下來的。又次年，賽梵向人談起，說他保存着可憐的濟茲一點頭髮，等個朋友捎回英國去；他說他有個怪想頭，想照他的希臘琴的樣子作根別針，就用濟茲頭髮當絃子，送給可憐的布龍小姐，只恨找不到這樣的手藝人。濟茲頭髮的顏色在各人眼裏不大一樣：有的說赤褐色，有的說棕色，有的說暖棕色，他二弟兩口子說是金紅色，賽梵追畫他的像，卻又畫作深厚的棕黃色。布龍小姐的頭髮，這兒也有一餅存着。

他倆訂婚戒指也在這兒，鑲着一塊紅寶石。還有一册翻四摺本莎士比亞，是濟茲常用的。他對於莎士比亞，下過一番苦工夫；書中頁邊行裏都畫着道兒，也有些精湛的評語。空白處親筆寫着他見密爾頓髮作獨坐重讀黎琊王劇作兩首詩；

書名頁上記着「給布龍凡耐，一八二〇」，照年份看準是上意大利去時送了作紀念的。珂羅版印的夜鶯歌墨蹟，有一份在這兒；另有哈代漢姆司台德宅作一詩手稿，是哈代夫人捐贈的，宅中出售影印本。濟玆書法以秀麗勝，哈代的以蒼老勝。

這屋子保存下來卻並不易。一九二一年，業主想出售，由人翻蓋招租。地段好，脫手一定快的；本區市長知道了，趕緊組織委員會募款一萬鎊。款還募得不多，投機的建築公司已經爭先向業主講價錢。在這千鈞一髮的當兒，虧得市長和本區四委員迅速行動，用私人名義擔保付款，才得挽回危局。後來共收到捐款四千六百五十七鎊（約合七八萬元），多一半是美國人捐的；那時正當大戰之後，這件事在英國募款是不容易的。

加萊爾（Thomas Carlyle, 1795-1881）宅，在泰晤士河旁乞而西區（Chelsea）。這一區至今是文人藝士薈萃之處。加萊爾是維多利亞時代初期的散文家，當時號爲「乞而西聖人」。一八三四住到這宅子裏，一直到死。書房在三層樓上，他最後一本書弗來德力大帝傳就在這兒寫的。這間房前面臨街，後面是小園子；他讓前後都砌上夾牆，爲的怕那街上的囂聲，園中的雞叫。他著書時坐的椅子還在；還有一件呢浴衣。據說他最愛穿浴衣，有不少件；蘇格蘭國家畫院所藏他的畫像，便穿着灰呢浴衣，坐在沙發上讀書，自有一番寬舒的氣象。畫中讀書用的架子還可看見。宅裏存着他幾封信，女司事願意念給訪問的人聽，朗朗有味。二樓加萊爾夫人屋裏放着架小屏，上面橫的豎的斜的正的貼滿了世界各處風景和人物的畫片。

迭更斯（Char es Dickens, 1812-1870）宅，在「西頭」，現在是熱鬧地方。迭更斯出身貧賤，熟悉下流社會情形；他小說裏寫這種情形，最是酣暢淋漓之至。這使他成爲「本世紀最通俗的小說家，又，英國大幽默家之一」，如他的老友浮斯大（John Forster）給他作的傳開端所說。他一八三六年動手寫比克維克秘記（Pickwick Papers），在月刊上發表。起初是紳士比克維克等行獵故事，不甚爲世所重；後來僕人山姆（Sam Weller）出現，詼諧嘲諷，百變不窮，那月刊頓時風行起來。迭更斯手頭漸寬，這才遷入這宅子裏，時在一八三七年。

他在這裏寫完了比克維克秘記，就是這一年印成單行本。他算是一舉成名，從此直到他死時，三十四年間，總是蒸蒸日上。來這屋子不多日子，他借了一個飯店舉行秘記發表週年紀念，又舉行他夫婦結婚週年紀念。住了約莫兩年，又寫成塊肉餘生述，滑稽外史等。這其間生了兩個女兒，房子擠不下了；一八三九年終，他便搬到別處去了。

屋子裏最熱鬧的是畫，畫着他小說中的人物，牆上大大小小，突梯滑稽，滿是的。所以一屋子春氣。他的人物雖只是類型，不免奇幻荒唐之處，可是有眞味，有人味；因此這麼讓人歡喜讚嘆。屋子下層一間廚房，所謂「丁來谷廚房」，道地老式英國廚房，是特地布置起來的——「丁來谷」是比克維克一行下鄉時寄住的地方。廚房架子上擺着帶釉陶器，也都畫着迭更斯的人物。這宅裏還存着他的手杖，頭髮；一朵玫瑰花，是從他尸身上取下來的；一塊小窗戶，是他十一歲時住的樓頂小屋裏的；一張書桌，他帶到美洲去過，臨死時給了二女兒，現時罩着紫色天鵝絨，蠻伶俐的。此外有他從這屋子寄出的兩封信，算回了老家。

這四所宅子裏的東西，多半是人家捐贈；有些是特地買了送來的。也有借得來陳列的。管事的人總是在留意搜尋着，頗爲苦心熱腸。經常用費大部靠基金和門票、指南等餘利；但門票賣的並不多，指南照顧的更少，大約維持也不大容易。

格雷（Thomas Gray, 1716-1771）以挽歌辭（Elegy Written in a Country

Churchyard）著名。原題中所云「作於鄉村教堂墓地中」，指司安克波忌士(Stoke Poges）的教堂而言。詩作於一七四二格雷二十五歲時，成於一七五〇，當時詩人懷古之情，死生之感，親近自然之意，詩中都委婉達出，而句律精妙，音節諧美，批評家以爲最足代表英國詩，稱爲詩中之詩。詩出後，風靡一時，誦讀模擬，遍於歐洲各國；歷來引用極多，至今已成爲英美文學教育的一部分。司安克波忌士在倫敦西南，從那著名的溫澤堡（Windsor Castle）去是很近的。四月一個下午，微雨之後，我們到了那裏。一路幽靜，似乎鳥聲也不大聽見。拐了一個小彎兒，眼前一片平鋪的碧草，點綴着稀疏的墓碑；教堂木然孤立，像戲台上布景似的。小路旁一所小屋子，門口有小木牌寫着格雷陳列室之類。出來一位白髮老人，殷勤地引我們去看格雷墓，長方形，特別大，是和他母親、姨母合葬的，緊挨着教堂牆下。又看水松樹（yew-tree），老人說格雷在那樹下寫挽歌辭來着；挽歌辭裏提到水松樹，倒是確實的。我們又兜了個大圈子，才回到小屋裏，看挽歌辭眞蹟的影印本。還有幾件和格雷關係很疏的舊東西。屋後有井，老人自己汲水灌園，讓我們想起「灌園叟」來；臨別他送我們每人一張教堂影片。

博物院

倫敦的博物院帶畫院，只檢大的說，足足有十個之多。在巴黎和柏林，並不「覺得」博物院有這麼多似的。柏林的本來少些；巴黎的不但不少，還要多些，但除盧佛宮外，都不大。最要緊的，倫敦各院陳列得有條有理的，又疏朗，房屋又亮，得看；不像盧佛宮，東西那麼擠，屋子那麼黑，老教人喘不出氣。可是，倫敦雖然得看，說起來也還是千頭萬緒；眞只好檢大的說罷了。

先看西南角。維多利亞亞伯特院最爲堂皇富麗。這是個美術博物院，所收藏的都是美術史材料，而裝飾用的工藝品尤多，東方的西方的都有。漆器，磁器，傢具，織物，服裝，書籍裝訂，道地五光十色。這裏頗有中國東西。漆器磁器玉器不用說，壁畫佛像，羅漢木像，還有乾隆寶座也都見於該院的「東方百珍圖錄」裏。圖錄裏還有明朝李麟（原作 Li Ling，疑係此人）畫的波羅毬戲圖；波羅毬騎着馬打，是唐朝從西域傳來的。中國現在似乎沒存着這種畫。院中賣石膏像，有些真大。

自然史院是從不列顛博物院分出來的。這裏才真古色古香，也才真「巨大」。看了各種史前人的模型，只覺得遠烟似的時代，無從憑弔，無從懷想——滿夠不上分兒。中生代大爬蟲的骨架，昂然站在屋頂下，人還夠不上它們一條腿那麼長，不用提「項背」了。現代鯨魚的標本雖然也夠大的，但沒腿，在陸居的我們眼中就差多了。這裏有夜鶯，自然是死的，那樣子似乎也並不特別秀氣；嗓子可真脆真圓，我在話匣片裏聽來着。

歐戰院成立不過十來年。大戰各方面，可以從這裏略見一斑。這裏有模型，有透視畫（dioramas），有照相，有電影機，有鎗炮等等。但最多的還是畫。大戰當年，英國情報部僱用一羣少年畫家，教他們擱下自己的工作，大規模的畫戰事畫，以供宣傳，並作爲歷史紀錄。後來少年畫家不夠用，連老畫家也用上了。那時情報部常常給這些畫家開展覽會，個人的或合夥的。歐戰院的畫便是那些展覽作品的一部分。少年畫家大約都是些立體派，和老畫家的浪漫作風迥乎不同。這些畫家都透視了戰爭，但他們所成就的卻只是歷史紀錄，藝術是沒有什麼的。

現在該到西頭來，看人所熟知的不列顛博物院了。考古學的收藏，名人文件，鈔本和印本書籍，都數一數二；顧愷之女史箴卷子和燉煌卷子便在此院中。磁器也不少，中國的，土耳其的，歐洲各國的都有；中國的不用說，土耳其的青花，渾厚樸拙，比歐洲金的藍的或刻鏤的好。考古學方面，埃及王拉米塞斯第二（約西元前1250）巨大的花崗石像，幾乎有自然史院大爬蟲那麼高，是爲我們揚眉吐氣；也有坐像。坐立像都僵直而四方，大有雖地動山搖不倒之勢。這些像的石質尺寸和形狀，表示統治者永久的超人的權力。還有貝葉的「死者的書」，用象形字和俗字兩體寫成。羅塞他石，用埃及兩體字和希臘文刻着詔書一通（西元前195），一七九八年出土；從這塊石頭上，學者比對希臘文，才讀通了埃及文字。

希臘巴昔農廟（Parthenon）各件雕刻，是該院最足以自豪的。這個廟在雅典，奉祀女神雅典巴昔奴；配利克里斯（Pericles）時代，教成千帶萬的藝術家，用最美的大理石，重建起來，總其事的是配氏的好友兼顧問，著名雕刻家費迪亞斯（Phidias）。那時物阜民豐，費了二十年工夫，到了西元前四三五年，才造成。廟是長方形，有門無窗；或單行或雙行的石柱圍繞着，像女神的馬隊一般。短的兩頭，柱上承着三角形的楣；這上面都雕着像。廟牆外上部，是著名的刻壁。廟在一六八七年讓威尼斯人炸毀了一部分；一八〇一年，愛而近伯爵從雅典人手裏將三角楣上的像，刻壁，和些別的買回英國，費了七萬鎊，約合百多萬元。後來轉賣給這博物院，却只要一半價錢。院中特設了一間愛而近室陳列那些藝術品，並參考巴黎國家圖書館所藏的巴昔農廟諸圖，做成廟的模型，巍巍然片

任石山上●

希臘雕像與埃及大不相同，絕無僵直和緊張的樣子。那些藝術家比較自由，得以研究人體的比例；骨架，肌理，皮肉，他們都懂得清楚，而且有本事表現出來。又能抓住要點，使全體和諧不亂。無論坐像立像，都自然，莊嚴，造成希臘藝術的特色：清明而有力。常時運動競技極發達；藝術家雕神像，常以得獎的人爲「模特兒」，赤裸裸的身體裏充滿了活動與力量。可是究竟是神像；所以不能是如實的人像而只是理想的人像●這時代所缺少的是熱情，幻想；那要等後世藝人去發展了●廟的東楣上運命女神三姊妹像，頭已經失去了，可是那衣褶如水的輕妙，衣褶下身體的充盈，也從繁複的光影中顯現，幾乎不相信是石人。那刻壁浮雕着女神節貴家少女獻衣的行列。少女們穿着長袍，莊嚴的衣褶，和運命女神的又不一樣，手裏各自拿着些東西；後面跟着成隊的老人，婦女，雄赳赳的騎士，還有帶祭品的人，齊向諸神而進●諸神清明徹骨，在等待着這一行人衆●

還刻壁上那麼多人，卻不繁雜，不零散，打成一片，布局時必然煞費苦心。而細看諸少女諸騎士，也各有精神，絕不一律；其間刀鋒或深或淺，光影大異。少壯的騎士更像生龍活虎，千載如見。

院中所藏名人的文件太多了。像莎士比亞押房契，彌爾頓出賣失樂園合同，——這合同是書記代簽，不出彌氏親筆——巴格來夫（Palgrave）金庫集稿，格來挽歌稿，哈代苔絲稿， 達文齊彌愷安傑羅的手册，還有維多利亞后四歲時鉛筆簽字，都親切有味。至於荷馬史詩的貝葉，西元一世紀所寫，在埃及發見的，以及九世紀時希伯來文舊約聖經殘葉，據說也許是世界上最古聖經鈔本的，卻眞令人悠然遐想。還有， 世紀時，羅馬艦隊一官員，向兵丁買了一個七歲的東方小兒爲奴，立了一張貝葉契，上端蓋着泥印七顆；和英國大憲章的原本，很可比着看。院裏藏的中古鈔本也不少；那時歐洲僧侶非常閒，日以鈔書爲事；字用峨特體，多稜角，精工是不用說的。他們最考究字頭和插畫，必然細心鉤勒着上鮮麗的顏色，藍和金用得多些；顏色也選得精，至今不變。某鈔本有歲曆圖二幅，畫十二月風俗，細緻風華，極爲少見。每幅下另有一欄，畫種種游戲，人物短小，卻也滑稽可喜。畫目如下：正月，析薪；二月，炬舞；三月，種花，伐木；四月，情人園會；五月，蕩舟；六月，比武；七月，行獵，刈麥；八月，穫稻；九月，釀酒；十月，耕種；十一月，獵歸；十二月，屠豕。」鈔本和印本書籍之多，世界上只有巴黎國家圖書館可與這博物院相比；此處印本共三百二十百萬餘册。有穹窿頂的大閱覽室，圓形，室中桌子的安排，好像車輪的輻，可坐四百八十五人；管理員高踞在轂中。

次看畫院。國家畫院在西中區鬧市口，正對着特拉伐加方場一百八十四英尺高的納爾遜石柱子。院中的畫不算很多，可是足以代表歐洲畫史上的各派；他們自詡，在這一方面，世界上那兒也及不上這裏。最完全的是意大利十五六世紀的作品，特別是弗羅倫斯派，大約除了意大利本國，便得上這兒來了。畫按派別排列，可也按着時代。但是要看英國美術，此地不成，得上南邊兒泰特(Tate)畫院去。那畫院在泰晤士河邊上；一九二八年水上了岸，給浸壞了特耐爾（Joseph Mallord William Turner,1775-1851）好多畫，最可惜。特耐爾是十九世紀英國最大的風景畫家，也是印象派的先鋒。他是個窮苦的孩子，小時候住在菜市旁的陋巷裏，常只在泰晤士河的碼頭和駁船上玩兒。他對於泰晤士河太熟了，所以後來愛畫船，畫水，畫太陽光。再後來他費了二十多年工夫專研究光影和色彩，輪廓與內容差不多全不管；這便做了印象派的前驅了。他畫過一幅「日出：灣頭堡子」，那堡子淡得只見影兒，左手一行樹，也只有樹的意思罷了；可是，瞧，那金黃的朝陽的光，順着樹水似的流過去，你只覺着溫暖，只覺着柔和，在你的身上。那光卻又像一片海，滿處都是的，可是閃閃爍爍，儀態萬千，教你無從捉摸，有點兒着急。

特耐爾以前，堅士波羅（Gainsborough, 1727-1788）是第一個人脫離荷蘭影響，用英國景物作風景畫的題材；又以畫像著名。何嘉士（Hogarth, 1697-1764）畫了一套「結婚式」，又生動又親切，當時刻板流傳，風行各處，現存在這畫院中。美國大畫家惠斯勒（Whistler）稱他為英國僅有的大畫家。雷諾爾茲（Regnolds 1723-1792）的畫像，與堅士波羅並稱。畫像以性格與身分為主，第一當然要像。可是從看畫者一面說，像主若是歷史上的或當代的名人，他們的性格與身分，多少總知道些，看起來自然有味，也略能批評得失。若只是平凡的人，憑你怎樣像，陳列到畫院裏，怕就少有去理會的。因此，畫家為維持他們永久的生命計，有時候重視技巧，而將「像」放在第二着。雷諾爾茲與堅士波羅似乎就是這樣的人。他們畫的像，色調鮮明而飄渺　莊嚴的男相，華貴的女相，優美活潑的孩子相，都算登峯造極；可就是不大「像」。堅氏的女像總太瘦；雷氏的不至於那麼瘦，但是像主往往退回他的畫，說太不像。——國家畫院旁有個國家畫像院，專陳列英國歷史上名人的像，文學家，藝術家，科學家，政治家，皇族，應有盡有，約共二千一百五十人。油畫是大宗，排列依着時代。這兒也看見雷堅二氏的作品；但就全體而論，歷史比藝術多的多。

泰特畫院中還藏着詩人勃來克（William Blake, 1757-1827）和羅塞蒂（Dante Gabriel Rossetti, 1828-1882）的畫。前一位是浪漫詩人的先驅，號稱神祕派。自幼兒想像多，都表現在詩與畫裏。他的圖案非常宏偉；色彩也如火燄，如一飛衝天的翅膀。所畫的人體並不切實，只用作表現姿態，表現動，的符號而已。後一位是先拉斐爾派的主角；這一派是詩與畫雙管齊下的。他們不相信「為藝術的藝術」，而以知識為重。畫要敘事，要教訓，要接觸民衆的心，讓他們相信美的新觀念；畫筆要細膩，顏色卻不必調和。羅氏作品有着清明的調子，強厚的感情；只是理想雖高，氣韻卻不夠生動似的。

當代英國名雕塑家愛勃斯坦（Jacob Epstein）也有幾件東西陳列在這裏。

他是新派的浪漫雕塑家。這派人要在形體的部分中去找新的情感力量；那必是不尋常的部分，足以擴展他們自己情感或感覺的經驗的。他們以爲這是美，誇張的表現出來；可是俗人卻覺得人不像人，物不像物，覺得醜，只認爲滑稽畫一類。愛氏雕石頭，但是塑泥似乎更多：塑泥的表面，決不刮光，就讓那麼凸凸凹凹的堆着，要的是這股勁兒。塑完了再倒銅。——他也賣素描，形體色調也是那股浪漫勁兒。

以上只有不列顛博物院的歷史可以追溯到十八世紀；別的都是十九世紀建立的，但歐戰院除外。這些院的建立，固然靠國家的力量，卻也靠私人的捐助——捐錢蓋房子或捐自己的收藏的都有。各院或全不要門票，像不列顛博物院就是的；或一禮拜中兩天要門票，票價也極低。他們印的圖片及專册，廉價出售，數量驚人。又差不多都有定期的講演，一面講一面領着看；雖然講的未必怎樣精，聽講的也未必怎樣多。這種種全爲了教育民衆，用意是值得我們佩服的。

公園

英國是個尊重自由的國家，從倫敦海德公園（Hyde Park）可以看出。學政治的人一定知道這個名字；近年日報的海外電訊裏也偶然有這個公園出現。每逢星期日下午，各黨各派的人都到這兒來宣傳他們的道理。公說公有理，婆說婆有理，井水不犯河水。從耶穌教到共產黨，差不多樣樣有。每一處說話的總是一個人。他站在桌子上，椅子上，或是別的什麼上，反正在聽衆當中露出那張嘴臉就成；這些桌椅等等可得他們自己預備，公園裏的長椅子是只讓人歇着的。聽的人或多或少。有一回一個講耶穌教的，沒一個人聽，却還打起精神在講；他盼望來來去去的游人裏也許有一兩個三四個五六個……愛聽他的，只要有人駐一下脚，他的口舌就算不白費了。

見過一回共產黨示威，演說的東也是，西也是；有的站在大車上，頗有點巍巍然。按說那種馬拉的大車平常不讓進園，這回大約辦了個特許。其中有個女的約莫四十上下，嗓子最大，說的也最長；說的是倫敦土話，凡是開口音，總將嘴張到不能再大的地步，一面用胳膊助勢。說到後來，嗓子沙了，還是一字不苟的喊下去。天快黑了，他們整隊出園喊着口號，標語旗幟也是五光十色的。隊伍兩旁，又高又大的馬巡緩緩跟着，不說話。出的是北門，外面便是熱鬧的牛津街。

北門這裏一片空曠的沙地，最宜於露天演說家，來的最多。也許就在共產黨隊伍走後吧，這裏有人說到中日的事；那時剛過一二八不久，他頗為我們抱不平。他又贊美甘地；却與賈波林相提並論，說賈波林也是為平民打抱不平的。這一比將聽衆引得笑起來了；不止一個人和他辯論，一位老太太甚至嘀咕着掉頭而去。這個演說的卽使不是共產黨，大約也不是「高等」英人吧——。公園裏也鬧過一回大事：一八六六年國會改革的暴動（勞工爭選舉權），周圍鐵欄干毀了半里多路長，警察受傷了二百五十名。

公園周圍滿是鐵欄干，車門九個，游人出入的門無數，佔地二千二百多畝，繞園九里，是倫敦公園中最大的，來的人也最多。園南北都是鬧市，園中心却靜靜的。灌木叢裏各色各樣野鳥，淸脆的繁碎的語聲，夏天綠草地上，潔白的綿羊的身影，教人像下了鄉，忘記在世界大城裏。那草地一片迷濛的綠，一片芊綿的綠，像水，像烟，像夢；難得的，冬天也這樣。西南角上蜿蜒着一條蛇水，彎來也佔地三百畝，養着好些水鳥，如蒼鷺之類。可以搖船，游泳；並有救生會，讓下水的人放心大膽。這條水便是雪萊的情人西河女士（Harriet Westbrook）自沈的地方，那是一百二十年前的事了。

南門內有擺倫立像，是五十年前希臘政府捐款造的；又有座古英雄阿契來斯像，是惠靈頓公爵本鄉人造了來紀念他的，用的是十二尊法國砲的銅，到如今却有一百多年了。還有英國現負盛名的雕塑家愛勃司坦（Epstein ）的壁雕，是紀念自然學家赫德生的。一個似乎要飛的人，張着臂，仰着頭，散着髮，有原始的樸拙獷悍之氣，表現的是自然精神的化身；左右四隻鳥在飛，大小旁正都不相同，也有股野勁兒。這件雕刻的價值，引起過許多討論。南門內到蛇水邊一帶游人最盛。夏季每天上午有銅樂隊演奏；在欄外聽算白饒，進欄得花點票錢，但有椅子坐。游人自然步行的多，也有跑車的，騎馬的；騎馬的另有一條「馬」路。

這園子本來是鹿苑，在裏面行獵；一六三五年英王查理斯第一才它開放，作賽馬和競走之用。後來變成決鬥場。一八五一年第一次萬國博覽會開在這裏，用玻璃和鐵搭蓋的會場；閉會後拆了蓋在別處，專作展覽的處所，便是那有名的水晶宮了。蛇水本沒有，只有六個池子；是十八世紀初葉才打通的。

海德公園東南差不多毗連着的，是聖詹姆士公園(St. James's Park)，約有五百六七十畝。本是沮洳的草地，英王亨利第八抽了水，砌了圍牆，改成鹿苑。査理斯第二擴充園址，鋪了路，改爲游玩的地方；以後一百年裏，便成了倫敦最時髦的散步場。十九世紀初才改造爲現在的公園樣子。有湖，有懸橋；湖裏鵜鶘最多，倚在橋欄上看它們水裏玩兒，可以消遣日子。周圍是白金罕宮，西寺，國會，各部官署，都是最忙碌的所在；倚在橋欄上的人却能偸閒賞鑑那西寺和國會的戈昔式尖頂的輪廓，也算福氣了。

海德公園東北有攝政公園，原也是鹿苑；十九世紀初「攝政王」（後爲英王喬治第四）才修成現在樣子。也有湖，搖的船最好；坐位下有小輪子，可以進退自如，滾來滾去頂好玩兒的。野鴿子野鳥很多，松鼠也不少。松鼠原是動物園那邊放過來的，只幾對罷了；現在却繁殖起來了。常見些老頭兒帶着食物到園裏來餵麻雀，鴿子，松鼠。這些小東西和人混熟了，大大方方到人手裏來吃食；看去怪親熱的。別的公園裏也有這種人。這似乎比提鳥籠有意思些。

動物園在攝政園東北踦角上，屬於動物學會，也有了百多年的歷史。搜集最完備，有動物四千，其中哺乳類八百，鳥類二千四百。去逛的據說每年超過二百萬人。不用問孩子們去的一定不少；他們對於動物比成人親近得多，關切得多。只看見教科書上或字典上的彩色動物圖，就夠捉摸的，不用提實在的東西了。就是成人，可不也願意開開眼，看看沒看過的，山裏來的，海裏來的，異域來的，珍禽，奇獸，怪魚？要沒有動物園，或許一輩子和這些東西都見不着面呢。再說像獅子老虎，那能隨便見面！除非打獵或看馬戲班。但打獵遇着這些，正是拚死活的時候，那裏來得及玩味它們的生活狀態？馬戲班裏的呢，也只表演些扭捏的玩藝兒，時候又短，又隔得老遠的；那有動物園裏的自然，得看？這還只說的好奇的人；藝術家更可仔細觀察研究，成功新創作，如畫和雕塑，十九世紀以來，用動物爲題材的便不少。

近些年電影裏的動物趣味，想來也是這麼培養出來的；不過那卻非動物園所可限了。

倫敦人動物園的趣味很大，有的報館專派有動物園的訪員，給園中動物作起居注，並報告新來到的東西；他們的通信有些地方就像童話一樣。去動物園的人最樂意看餵食的時候，也便是動物和人最親近的時候。餵食有時得用外交手腕，譬如魚池吧，若隨手將食撒下去，讓大家來搶，游得快的，利害的，不用說佔了便宜，賸下的便該活活餓死了。這當然不公道，那一視同仁的管理人一定不願意的。他得想法子，比方說，分批來餵，那些快的，利害的，吃完了，便用網將它們攔在一邊，再照料別的。各種動物餵食都有一定鐘點，著名的裴歹克倫敦指南便有一節專紀這個。孩子們最樂意的還有騎象，騎駱駝（駱駝在倫敦也算異域珍奇）。再有，游客若能和管理各動物的工人攀談攀談，他們會親切的講這個那個動物的故事給你聽，像傳記的片段一般；那時你再去看他說的那些東西，便更有意思了。

園裏最好玩兒的事，黑猩猩茶會，白熊洗澡。茶會夏天每日下午五點半舉行，有茶，有牛油麵包。它們會用兩隻前足，學人的樣子。有時一生手一加入，却往往只用一隻前足，牛油也是它來，麵包也是它來；這種雖是天然，看的人倒好笑了。白熊就是北極熊，從冰天雪地裏來，却最喜歡夏天；越熱越高興，赤日炎炎的中午，它們能整個兒躺在太陽裏。也愛下水洗澡，身上老是雪白。它們歹在熊台上，有深溝爲界；臺旁有池，洗澡便在池裏。池的一邊，隔着一層玻璃可以看它們載浮載沈的姿勢。但是一冷到華氏表五十度下，就不肯下水，身上的白雪也便慢慢讓塵士封上了。

非洲的企鵝也是人們特別樂意看的。它有一歲半嬰孩這麼大，不會飛，會下水，黑翅膀，灰色胸脯子挺得高高的，昂首緩步，旁若無人。它的特別處就在乎直立着。比鵝大不多少，比鴕鳥，鷄，小得多，可是一直立就有人氣，便當另眼相看了。自然，別的鳥也是直立着的，可是太小了，說不上。企鵝又拙得好，現代裝飾圖案有用它的。只是不耐冷，一到冬天，便沒精打彩的了。

魚房鳥房也特別值得看。魚房分淡水房海水房熱帶房（也是淡水）。屋內黑洞洞的，壁上嵌着一排鏡框似的玻璃，橫長方。每框裏一種魚，在水裏游來游去，都用電燈光照着，像畫。鳥房有兩處，熱帶房裏顏色聲音最豐富，最新鮮；有種上截脆藍下截褐紅的小鳥，不住的飛上飛下，不住的咭咭呱呱，怪可憐見的。

這個動物園各部分空氣光線都不錯，又有冷室溫室，給動物很周到的設計。只是才二百畝地，實在施展不開，小東西還罷了，像獅子老虎老是關在屋裏，未免委屈英雄，就是白熊等物雖有特備的臺子，還是局蹐得很；這與鳥籠子也就差得有限了。固然，讓這些動物完全自由，那就無所謂動物園；可是若能給它們較大的自由，讓它們活得比較自然些，看的人豈不更得看些。所以一九二七年上，動物學會又在倫敦西北惠勃司奈得（Whipsnade，Bedfordshire）地方成立了一所動物園，有三千多畝；據說，那些龐然大物自如多了，游人看起來也痛快多了。

以上幾個園子都在市內，都在泰晤士河北。河南偏西有個大大有名的邱園（Kew Gardens）。却在市外了，邱園正名「王家植物園」，世界最重要，最美麗的植物園之一；大一千七百五十畝，栽培的植物在二萬四千種以上。這園子現在歸農部該管，原也是王室的產業，一八四一年捐給國家；從此起手研究經濟植物學和園藝學，便漸漸著名了。他們編印大英帝國植物誌。又移種有用的新植物於帝國境內——如西印度羣島的波羅蜜，印度的金雞納霜，都是他們介紹進去的。園中博物院四所；第二所經濟植物學博物院設於一八四八，是歐洲最早的一個。

但是外行人只能賞識花木風景而已。水仙花最多，四月尾有所謂「水仙花禮拜日」，游人盛極。溫室裏奇異的花也不少。園裏有什麼好花正開着，門口通告牌上逐日都列着表。暖氣室最大，分三部：喜馬拉耶室養着石楠和山茶，中國石楠也有，小些；中部正面安排着些大鳳尾樹和棕櫚樹；鳳尾樹眞大，得仰起脖子看，伸開兩胳膊還不夠它寬的。周圍繞着些時花與灌木之類。另一部是墨西哥室，似乎沒有什麽特別的東西。

東南角上一座塔，可不能上；十層，一百五十五尺，造於十八世紀中，那正是中國文化流行歐洲的時候，也許是中國的影響吧。據說還有座小小的孔子廟，但找了半天，沒找着。不遠兒倒有座彩繪的日本牌坊，所謂「勅使門」（注）的，那却造了不過二十年。從塔下到一個人工的湖有一條柏樹甬道，也有森森之意；可惜樹太細瘦，比起我們中山公園，眞是小巫見大巫了。所謂「竹園」更可憐，又不多，又不大，也不秀，還趕不上西山大悲庵那些。

（注）寺院門，勅使參謁時由此行。

加爾東尼市場

在北平住下來的人，總知道逛廟會逛小市的趣味。你來回蹓着，這兒看看，那兒站站；有中意的東西，磋磨磋磨價錢，買點兒回去讓人一看，說眞好；再提價錢，說那有這麼巧的。你這一樂，可沒白辛苦一蹓！要什麼都沒買成，那也不礙；就憑看中的一兩件三四件東西，也夠你講講說說的。再說在市上留連一會子，到底過了「蘑菇」的癮，還有什麼抱怨的？

倫敦人紛紛上加爾東尼市場（Caldonian Market），也正是這股勁兒。房東太太客廳裏爐台兒上放着一個手榴彈殼，是盛烟灰用的。比甜瓜小一點，面上擦得精亮，方方的小塊兒，界着又粗又深的黑道兒，就是變得好，傻得好。房東太太太說還是她家先生在世時逛加爾東尼市場買回來的。她說這個市場賣舊貨，可以還價，花樣不少，有些是偸來的，倒也有好東西；去的人可眞多。市場只在星期二星期五上午十時至下午四時開放，有些像廟會；市場外另有幾家舊書舊貨鋪子，却似乎常做買賣，又有些像小市。

先到外頭一家舊書鋪。沒窗沒門。仰面灰蓬蓬的，土地，剛下完雨，門口還積着個小小水潭兒。從亂書堆中間進去，一看倒也分門別類的。「文學」在裏間，空氣變了味，撲鼻子一陣陣的——到如今三年了，不忘記，可也叫不出什麽味。聖經最多，整整一箱子。不相干的小說左一堆右一堆；却也挑出了一本莎翁全集，幾本正正經經詩選。莎翁全集當然是普通本子，可是只花了九便士，才合五六毛錢。鋪子裏還賣舊話匣片子，不住地開着讓人聽，三五個男女伙計穿梭似地張羅着。別幾家鋪子沒進去，外邊瞧了瞧，也一團灰土氣。

市場門口有小牌子寫着開放日期，又有一塊寫着「謹防扒手」，——倫敦別處倒沒見過這玩意兒。地面大小和北平東安市場差不多，一半帶屋頂，一半露天；乾淨整齊，却遠不如東安市場。滿是攤兒，屋裏沒有地攤兒，露天裏有。擺攤兒的，男女老少，色色俱全；還有纏着頭的印度人。賣的是日用什物，布匹，小擺設；花樣也不怎樣多，多一半古舊過了頭。有幾件日本磁器，中國貨色却不見。也有賣吃的，賣雜耍的。蹓了半天，看見一個銅獅子鎮紙，夠重的，獅子頗有點威武；要價三先令（二元餘），還了一先令，沒買成。快散了，却瞥見地下大大的厚厚的一本册子，拿起來翻着，原來是書紙店裏私家賀年片的樣本。這些舊賀年片雖是廢物，却印得很好看；又各不相同：問價錢才四便士，合兩毛多，便馬上買了。出門時又買了個擦皮鞋的絨捲兒，也賤——到現在還用着。這時正愁大册子夾着不便，抬頭卻見面前立着個賣硬紙口袋的，大小都有，買了東西的人，大概全得買上那麼一隻；這當口門外沿路一直到大街上，挨挨擦擦的，差不離盡是提紙口袋的。——我口袋裏那册賀年片樣本，回國來讓太太小姐孩子們瞧，都愛不釋手；讓她們猜價兒，至少說四元錢。我忍不住要想，逛那麼一趟加爾東尼，也算値得了。

吃的

提到歐洲的吃喝，誰總會想到巴黎，倫敦是算不上的。不用說別的，就說煎山藥蛋吧。法國的切成小骨牌塊兒，黃爭爭的，油汪汪的，香噴噴的；英國的「條兒」(chips)卻半黃半黑，不冷不熱，乾乾兒的什麼味也沒有，只可以當飽吧了。再說英國飯吃來吃去，主菜無非是煎炸牛肉排羊排骨，配上兩樣素菜；記得在一個人家住過四個月，只吃過一回煎小牛肝兒，算是新花樣。——可是菜做得簡單，也有好處；材料壞容易見出，像大陸上廚子將壞東西做成好樣子，在英國是不會的。大約他們自己也覺着膩味，所以一九二六那一年有一位華衣脫女士(Miss F. White)組織了一個英國民間烹調社，搜求各市各鄉的食譜，想給英國菜攙點兒花樣，讓它好吃些。一九三一十二月烹調社開了一回晚餐會，從十八世紀以來的食譜中選了五樣菜(湯和點心在內)，據說是又好吃，又不費事。這時候正是英國的國貨年，所以報紙上頗爲揄揚一番。可是，現在歐洲的風氣，吃飯要少要快，那些陳年的老古董，怕總有些不合時宜吧。

吃飯要快，爲的忙，歐洲人不能像咱們那樣慢條斯理兒的，大家知道。幹嗎要少呢？爲的衞生，固然不錯，還有別的：女的男的都怕胖。女的怕胖，胖了難看；男的也愛那股標勁兒，要像個運動家。這個自然說的是中年人少年人；老頭子挺着個大肚子的卻有的是。——歐洲人一日三餐，分量頗不一樣。像德國，早晨只有咖啡麵包，晚間常冷食，只有午飯重些。法國早晨是咖啡，月芽餅，午飯晚飯似乎一般分量。英國卻早晚飯並重，午飯輕些。英國講究早飯，和我國成都等處一樣。有麥粥，火腿蛋，麵包，茶，有時還有燻鹹魚，果子。午飯頂簡單的，可以只吃一塊烤麵包，一杯咖啡；有些小飯店裏出賣午飯盒子，是些冷魚冷肉之類，卻沒有賣晚飯盒子的。

倫敦頭等飯店總是法國菜，二等的有意大利菜，法國菜，瑞士菜之分；舊城館子和茶飯店等才是本國味道。茶飯店與煎炸店其實都是小飯店的別稱。茶飯店的「飯」原指的午飯，可是賣的東西並不簡單，吃晚飯滿成；煎炸店除了煎炸牛肉排羊排骨之外，也賣別的。頭等飯店沒去過，意大利的館子卻去過兩家。一家在牛津街，規模很不小，晚飯時有女雜耍和跳舞。只記得那回第一道菜是生蠔之類；一種特製的盤子，邊上圍着七八個圓格子，每格放半個生蠔，吃起來很雅相。另一家，由斯敦路，也是個熱鬧地方。這家卻小小的，通心細粉做得最好；將粉切成半分來長的小圈兒，用黃油煎熟了，平鋪在盤兒裏，灑上乾酪（計司）粉，輕鬆鮮美，妙不可言。還有炸「搦氣蠔」，鮮嫩清香，蝤蛑瑤柱，都不能及；只有寧波的蠣黃彷彿近之。

茶飯店便宜的有三家：拉衣恩司（Lyons），快車奶房，ＡＢＣ麵包房。每家都開了許多店子，遍布市內外；ＡＢＣ比較少些，也貴些，拉衣恩司最多。快車奶房炸小牛肉小牛肝和紅燒鴨塊都還可口；他們燒鴨塊用木炭火，所以頗有中國風味。ＡＢＣ炸牛肝也可吃，但火急肝老，總差點兒事；點心烤的卻好，有幾件比得上北平法國麵包房。拉衣恩司似乎沒甚麼出色的東西；但他家有兩處「角店」，都在鬧市轉角處，那裏卻有好吃的。角店一是上下兩大間，一是三層三大間，都可容一千五百人左右；晚上有樂隊奏樂。一進去只見黑壓壓的坐滿了人，過道處窄得可以，但是氣象頗為闊大（有個英國學生譏為「窮人的宮殿」，也許不錯）；在那裏往往找了半天站了半天才等着空位子。這三家所有的店子都用女侍者，只有兩處角店裏卻用了些男侍者——男侍者工錢貴些。男女侍者都穿了黑制服，女的更戴上白帽子，分層招待客人。也只有在角店裏才要給點小費（雖然門上標明「無小費」字樣），別處這三家開的鋪子裏都不用給的。曾去過一處角店，烤雞做得還入味；但是一隻雞腿就合中國一元五角，若吃雞翅還要貴點兒。茶飯店有時備着骨牌等等，供客人消遣，可是向侍者要了玩的極少；客人多的地方，老是有人等位子，乾脆就用不着備了。此外還有一種生蠔店，專吃生蠔，不便宜；一位房東太太告訴我說「不衞生」，但是吃的人也不見少。吃生蠔卻不宜在夏天，所以英國人說月名沒有（五六七八月），生蠔就不當令了。倫敦中國飯店也有七八家，貴賤差得很大，看地方去。菜雖也有些高低，可都是變相的廣東味兒，遠不如上海新雅好。在一家廣東樓要過一碗雞肉餛飩，合中國一元六角，也夠貴了。

茶飯店裏可以吃到一種甜燒餅（muffin）和窩兒餅（crumpet）。甜燒餅彷彿我們的火燒，但是沒餡兒，軟軟的，略有甜味，好像摻了米粉做的。窩兒餅面上有好些小窩窩兒，像蜂房，比較地薄，也像摻了米粉。這兩樣大約都是法國來的；但甜燒餅來的早，至少二百年前就有了。師多住在祝來巷（Drury Lane），就是那著名的戲園子的地方；從前用盤子頂在頭上賣，手裏搖着鈴子。那時節人家都愛吃，買了來，多多抹上黃油，在客廳或飯廳壁爐上烤得熱辣辣的，讓油都浸進去，一口咬下來，要不沾到兩邊口角上。這種偷閒的生活是很有意思的。但是後來的窩兒餅浸油更容易，更香，又不太厚，太軟，有咬嚼些，樣式也波俏；人們漸漸地喜歡它，就少買那甜燒餅了。一位女士看了這種光景，心下難過；便寫信給泰晤士報，爲甜燒餅抱不平。泰晤士報特地做了一篇小社論，勸人吃甜燒餅以存古風；但對於那位女士所說的窩兒餅的壞話，卻寧願存而不論，大約那論者也是愛吃窩兒餅的。

復活節（三月）時候，人家吃煎餅（pancake），茶飯店裏也賣；這原是懺悔節（二月底）懺悔人晚飯後去教堂之前吃了好熬餓的，現在卻在早晨吃了。餅薄而脆，微甜。北平中原公司賣的「胖開克」（煎餅的音譯）卻未免太「胖」，而且軟了。——說到煎餅，想起一件事來：美國麻省勃克夏地方（Berkshire Country）有「吃煎餅競爭」的風俗，據泰晤士報說，一九三二的優勝者一氣吃下四十二張餅，還有臘腸熱咖啡。這可算「眞正大肚皮」了。

英國人每日下午四時半左右要喝一回茶，就着烤麵包黃油。請茶會時，自然還有別的，如火腿夾麵包，生豌豆苗夾麵包，茶饅頭（tea-scone）等等。他們很看重下午茶，幾乎必不可少。又可乘此請客，比請晚飯簡便省錢得多。英國人喜歡喝茶，過於喝咖啡，和法國人相反；他們也煮不好咖啡。喝的茶現在多半是印度茶；茶飯店裏雖賣中國茶，但是主顧寥寥。不讓利權外溢固然也有關係，可是不利於中國茶的宣傳（如說製時不乾淨）和茶味太淡才是主要原因。印度茶色濃味苦，加上牛奶和糖正合式；中國紅茶不夠勁兒，可是香氣好。奇怪的是茶飯店裏賣的，色香味都淡得沒影子。那樣茶怎麼會運出去，眞莫名其妙。

街上偶然會碰着提着筐子賣落花生的（巴黎也有），推着四輪車賣炒栗子的，教人有故國之思。花生栗子都裝好一小口袋一小口袋的，栗子車上有炭爐子，一面炒，一面裝，一面賣。這些小本經紀在倫敦街上也頗古色古香，點綴一氣。栗子是乾炒，與我們「糖炒」的差得太多了。——英國人吃飯時也有果，如核桃，榛子，榧子，還有巴西烏菱（原名 Brazils，巴西出產，中國通稱「美國烏菱」），烏菱實大而肥，香脆爽口，運到中國的太乾，便不大好。他們專有一種乾果夾，像鉗子，將乾果夾進去，使勁一握夾子柄，「格」的一聲，皮殼碎裂，有些𥫗到遠處，也好玩兒的。蘇州有瓜子夾，像剪刀，卻只透着玲瓏小巧，用不上勁兒去。

乞丐

「外國也有乞丐」，是的；但他們的丐道或丐術不大一樣。近些年在上海常見的，馬路旁水門汀上用粉筆寫着一大堆困難情形，求人幫助，粉筆字一邊就坐着那寫字的人，——北平也見過這種乞丐，但路旁沒有水門汀，便只能寫在紙上或布上——卻和外國乞丐相像；這辦法不知是「來路貨」呢，還是「此心同，此理同」呢？

倫敦乞丐在路旁畫畫的多，寫字的卻少。只在特拉伐加方場附近見過一個長鬚老者（外國長鬚的不多），在水門汀上端坐着，面前幾行潦草的白粉字。說自己是大學出身，現在一寒至此，大學又有何用，這幾句牢騷話似乎頗打動了一些來來往往的人，加上老者那炯炯的雙眼，不露半星兒可憐相，也教人有點肅然。他右首放着一隻小提箱，打開了，預備人望裏扔錢。那地方本是四通八達的鬧市，扔錢的果然不少。箱子內外都撒的銅子兒（便士）；別的乞丐卻似乎沒有這麽好的運氣。

畫畫的大半用各色粉筆，也有用顏料的。見到的有三種花樣。或雙鉤To Live（求生）二字，每一個字母約一英尺見方，在雙鉤的輪廓裏精細的作畫。字母整齊勻淨，通體一筆不苟。或雙鉤 Good Luck（好運）二字，也有只用 Luck（運氣）一字的。——「求生」是自道；「好運」「運氣」是爲過客頌禱之辭。或畫着四五方風景，每方大小也在一英尺左右。通常畫者坐在畫的一頭，那一頭將他那舊帽子翻過來放着，銅子兒就扔在裏面。

這些畫丐有些在藝術學校受過正式訓練，有些平日愛畫兩筆，算是「玩藝兒」。到沒了落兒，便只好在水門汀上動起手來了。一九三二年五月十日，這些人還來了一回展覽會。那天的晚報（The Evening News）上還印了幾幅，有兩幅是彩繡的。繡的人渾名「牛津街開特爾老大」，拳亂時做水手，來過中國，他還記得那時情形。這兩幅畫繡在帆布（畫布）上，每幅下了八萬針。他繡過英王愛德華像，據說頗爲當今王后所賞識；那是他生平最得意的時候。現在卻只在牛津街上浪蕩着。

晚報上還紀着一個人。他在雜戲館（Halls）幹過三十五年，名字常大書在海報上。三年前還領了一個雜戲班子遊行各處，他扮演主要的角色。英倫三島的城市都到過；大陸上到過百來處，美國也到過十來處。也認識賈波林。可是時運不濟，「老倫敦」卻沒一個子兒。他想起從前朋友們說過靜物寫生多麼有意思，自己也曾學着玩兒；到了此時，說不得只好憑着這點「玩藝兒」在泰晤士河長堤上混混了。但是他怕認得他的人太多，老是背向着路中，用大帽簷遮了臉兒。他說在水門汀上作畫頗不容易；最怕下雨，幾分鐘的雨也許毀了整天的工作。他說總想有朝一日再到戲臺上去。

晝丐外有樂丐。牛津街見過一個，開着話匣子，似乎是坐在三輪自行車上；記得頗有些堂哉皇也的神氣。復活節星期五在冷街中卻見過一羣，似乎一人推着風琴，一人按着，一人高唱頌聖歌——那推琴的也和着。這羣人樣子卻就狼狽了。據說話匣子等等都是賃來；他們大概總有得賺的。另一條冷街上見過一個男的帶着兩個女的，穿著得像剛從垃圾堆裏出來似的。一個女的還抹着胭脂，簡直是一塊塊紅土！男的奏樂，女的亂七八糟的跳舞，在剛下完雨泥滑滑的馬路上。這種女乞丐像很少。又見過一個拉小提琴的人，似乎很年輕，很文雅，向着步道上的過客站着。右手本來抱着個小猴兒；拉琴時先把它抱在左肩頭蹲着。拉了沒幾弓子，猴兒尿了；他只若無其事，讓衣服上淋淋漓漓的。

牛津街上還見過一個，那眞狼狽不堪。他大概賃話匣子等等的力量都沒有；只找了塊板兒，三四尺長，五六寸寬，上面安上條絃子，用隻玻璃水杯將絃子綳起來。把板兒放在街沿下，便蹲着，兩隻手穿梭般彈奏着。那是明燈初上的時候，步道上人川流不息；一雙雙脚從他身邊匆匆的跨過去，看見他的似乎不多。街上汽車聲脚步聲談話聲混成一片，他那獨絃的細聲細氣，怕也不容易讓人聽見。可是他還是埋着頭彈他那一手。

幾年前一個朋友還見過背誦迭更司小說的 。大家正在戲園門口排着班等買票；這個人在旁背起塊肉餘生述來，一邊念，一邊還做着。這該能夠多找幾個子兒，因爲比那些話匣子等等該有趣些。

警察禁止空手空口的乞丐，乞丐便都得變做賣藝人。若是無藝可賣，手裏也得拿點東西，如火柴皮鞋帶之類。路角落裏常有男人或女人拿着這類東西默默站着，臉上大都是黯淡的。其實賣藝，賣物，大半也是幌子；不過到底教人知道自尊些，不許不做事白討錢。只有瞎子，可以白討錢。他們站着或坐着；胸前有時掛一面紙牌子，寫着「盲人」。又有一類人，在乞丐非乞丐之間。有一回找一家雜耍場不着，請教路角上一個老者。他殷勤領着走，一面說剛失業，沒錢花，要我幫個忙兒。給了五個便士（約合中國三毛錢），算是酬勞，他還爭呢。其實只有二三百步路罷了。跟着走，訴苦，白討錢的，只遇着一次；那裏街燈很暗，沒有警察，路上人也少，我又是外國人，他所以厚了臉皮，放了膽子——他自然不是瞎子。

聖誕節

十二月二十五日聖誕節。英國人過聖誕節，好像我們舊曆年的味兒。習俗上宗教上，這一日簡直就是「元旦」；據說七世紀時便已如此，十四世紀至十八世紀中葉，雖然將「元旦」改到三月二十五日，但是以後情形又照舊了。至於一月一日，不過名義上的歲首，他們向來是不大看重的。

這年頭人們行樂的機會越過越多，不在乎等到逢年過節；所以年情節景一回回地淡下去，像從前那樣熱狂地期待着熱狂地受用着的事情，怕只在老年人的回憶小孩子的想像中存在着吧了。大都市裏特別是這樣；在上海就看得出，不用說更繁華的倫敦了。再說這種不景氣的日子，誰還有心腸認眞找樂兒？所以雖然聖誕節，大家也只點綴點綴，應個景兒罷了。

可是郵差卻忙壞了，成千成萬的賀片經過他們的手。賀片之外還有月份牌。這種月份牌一點兒大，裝在卡片上，也有畫，也有吉語。花樣也不少，卻比賀片差遠了。賀片分兩種，一種塡上姓名，一種印上姓名。交游廣的用後一種，自然貴些；據說前些年也得鈎心鬥角地出花樣，這一年卻多半簡簡單單的，爲的好省些錢。前一種卻不同，各家書紙店得搶買主，所以花色比以先還多些。不過據說也沒有十二分新鮮出奇的樣子，這個究竟只是應景的玩意兒呀。但是在一個外國人眼裏，五光十色，也就夠瞧的。曾經到舊城一家大書紙店裏看過，樣本厚厚的四大册，足有三千種之多。

樣本開頭是皇家賀片：英王的是聖保羅堂圖；王后的內外兩幅畫，其一是花園圖；威爾士親王的是僕人圖；約克公爵夫婦的是一六六〇年聖詹姆士公園冰戲圖；馬利公主的是行獵圖。聖保羅堂莊嚴宏大，下臨倫敦城；園裏的花透着上帝的微笑；候人比喻好運氣和歡樂在人生的大道上等着你；聖詹姆士公園（在聖詹姆士宮南）代表宮廷，溜冰和行獵代表英國人運動的嗜好。那幅溜冰圖古色古香，而且十足神氣。這些賀片原樣很大，也有小號的，誰都可以買來塡上自己名字寄給人。此外有全金色的，晶瑩照眼；有「蝴蝶翅」的，閃閃的寶藍光；有雕空嵌花紗的，玲瓏剔透，如嚼冰雪。又有羊皮紙仿四摺本的；嵌銅片小風車的；嵌彩玻璃片聖母像的；嵌剪紙的鳥的；在貓頭鷹頭上粘羊毛的：都爲的教人有實體感。

太太們也忙得可以的，張羅着親戚朋友丈夫孩子的禮物，張羅着裝飾屋子，聖誕樹，火雞等等。節前一個禮拜，每天電燈初亮時上牛津街一帶去看，步道上挨肩擦背匆匆來往的滿是辦年貨的；不用說是太太們多。裝飾屋子有兩件東西不可沒有，便是冬青和「蘋果寄生」（mistletoe）的枝子。前者教堂裏也用；後者卻只用在人家裏；大都插在高處。冬青取其青，有時還帶着小紅果兒；用以裝飾聖誕節，由來已久，有人疑心是基督教徒從羅馬風俗裏檢來的。蘋果寄生帶着白色小漿果兒，卻是英國土俗，至晚十七世紀初就用它了。從前在它底下，少年男人可以和任何女子接吻；但接吻後他得摘掉一粒果子。果子摘完了，就不准再在下面接吻了。

聖誕樹也有種種裝飾，樹上掛着給孩子們的禮物，裝飾的繁簡大約看人家的情形。我在朋友的房東太太家看見的只是小小一株；據說從烏爾烏斯三六公司（貨價只有三便士六便士兩碼）買來，才六便士，合四五毛錢。可是放在餐桌上，青青的，的里瓜拉掛着些耀眼的玻璃球兒，繞着樹更安排些「哀斯基摩人」一類小玩意，也熱熱鬧鬧的湊趣兒。聖誕樹的風俗是從德國來的；德國也許是從斯堪第那維亞傳下來的。斯堪第那維亞神話裏有所謂世界樹，叫做「乙格抓西兒」（Yggdrasil），用根和枝子聯繫着天地幽冥三界。這是株枯樹，可是濡着蜜。根下是諸智之泉；樹中間坐着一隻鷹，一隻松鼠、四隻公鹿；根旁一條毒蛇，老是啃着根。松鼠上下竄，在頂上的鷹與聰敏的毒蛇之間挑撥是非。樹震動不得，震動了，地底下的妖魔便會起來搗亂。想着這段神話，現在的聖誕樹眞是更顯得溫暖可親了。聖誕樹和那些冬靑，蘋果寄生，到了來年六日一齊燒去；燒的時候，在場的都動手，爲的是分點兒福氣。

聖誕節的晚上，在朋友的房東太太家裏。照例該喫火雞，酸梅布丁；那位房東太太手頭頗窘，卻還賣了幾件舊傢具，買了一隻二十二磅重的大火雞來過節。可惜女傭不小心，烤枯了一點兒；老太太自個兒嘮叨了幾句，大節下，也就算了。可是火雞味道也並不怎樣特別似的。喫飯時候，大家一面扔紙球，一面扯花炮——兩個人扯，有時只響一下，有時還夾着小紙片兒，多半是帶着「愛」字兒的吉語。飯後做游戲，有音樂椅子（椅子數目比人少一個；樂聲止時，衆人搶着坐），掩目吹蠟燭，抓瞎，捨人（分隊），搶氣球等等，大家居然一團孩子氣。最後還有跳舞。這一晚過去，第二天差不多什麼都照舊了。

新年大家若無其事地過去；有些舊人家願意上午第一個進門的是個頭髮深氣色黑些的人，說這樣人帶進新年是吉利的。朋友的房東太太那早晨特意通電話請一家熟買賣的掌櫃上她家去；他正是這樣的人。新年也賣曆本；人家常用的是老摩爾曆本(Old Moore's Almanack)，書紙店裏買，價錢賤，只兩便士。這一年的，面上印着「喬治王陛下登極第二十三年」；有一塊小圖，畫着日月星地球，地球外一個圈兒，畫着黃道十二宮的象，如「白羊」「金牛」「雙子」等。古來星座的名字，取象於人物，也另有風味。曆本前有一整幅觀象圖，題道，「將來怎樣」？「老摩爾告訴你」。從圖中看，老摩爾創於一千七百年，到現在已經六百多年了。每月一面，上欄可以說是「推背圖」，但沒有神祕氣：下欄分日數，星期，大事記，日出沒時間，月出沒時間，倫敦潮汛，時事預測各項。此外還有月盈缺表，各港潮汛表，行星運行表，三島集期表，郵政章程，大路規則，做點心法，養家禽法，家事常識。廣告也不少，賣丸藥的最多，滿是給太太們預備的；因爲這種曆本原是給太太們預備的。

房東太太

歇卜士太太（Mrs, Hibbs）沒有來過中國，也並不怎樣喜歡中國，可是我們看，她有中國那老味兒。她說人家笑她母女是維多利亞時代的人，那是老古板的意思；但她承認她們是的，她不在乎這個。

眞的，聖誕節下午到了她那間黯淡的飯廳裏，那傢具，那人物，那談話，都是古氣盎然，不像在現代。這時候她還住在倫敦北郊芬乞來路(Finchley Road)。那是一條闊人家的路；可是她的房子已經抵押滿期，經理人已經在她門口路邊上立了一座木牌，標價召買，不過半年多還沒人過問罷了。那座木牌，和籃球架子差不多大，只是低些；一走到門前，準看見。晚餐桌上，聽見廚房裏尖叫了一聲，她忙去看了，回來說，火雞烤枯了一點，可惜，二十二磅重，還是賣了幾件傢具買的呢。她可惜的是火雞，倒不是傢具；但我們一點沒吃着那烤枯了的地方。

她愛說話，也會說話，一開口滔滔不絕；押房子，賣傢具等等，都會告訴你。但是只高高興興的告訴你，至少也平平淡淡的告訴你，決不垂頭喪氣，決不唉聲嘆氣。她說話是個趣味，我們聽話也是個趣味（在她的話裏，她死了的丈夫和兒子都是活的，她的一些住客也是活的）；所以後來雖然聽了四個多月，倒並不覺得厭倦。有一回早餐時候，她說有一首詩，忘記是誰的，可以作她的墓銘，詩云：

這兒一個可憐的女人，
她在世永沒有住過嘴。
上帝說她會復活，

我們希望她永不會。

其實我們倒是希望她會的。

道地的賢妻良母，她是；這裏可以看見中國那老味兒。她原是個闊小姐，從小送到比利時受教育，學法文，學鋼琴。鋼琴大約還熟，法文可生疏了。她說街上如有法國人向她問話，她想起答話的時候，那人怕已經拐了彎兒了。結婚時得着她姑母一大筆遺產；靠着這筆遺產，她支持了這個家庭二十多年。歇卜士先生在劍橋大學畢業，一心想作詩人，成天住在雲裏霧裏。他二十年只在家裏待着，偶然教幾個學生。他的詩送到劍橋的刊物上去，原稿却寄回了，附着一封客氣的信。他又自己花錢印了一小本詩集，封面上註明，希望出版家採納印行，但是並沒有什麼回響。太太常勸先生刪詩行，譬如說，四行中可以刪去三行罷；但是他不肯割愛，於是乎只好敝帚自珍了。

歇卜士先生却會說好幾國話。大戰後太太帶了先生小姐，還有一個朋友去逛意大利；住旅館雇船等等，全交給詩人的先生辦，因爲他會說意大利話。幸而沒出錯兒。臨上火車，到了站台上，他却不見了。眼見車就要開了，太太這一急非同小可，又不會說給別人，只好教小姐去張看，却不許她遠走。好容易先生鑽出來了，從從容容的，原來他上「更衣室」來着。

太太最傷心她的兒子。他也是大學生，長的一表人才。大戰時去從軍；訓練的時候偶然回家，非常愛惜那莊嚴的制服，從不教它有一個摺兒。大戰快完的時候，却來了惡消息，他盡了他的職務了。太太最傷心的是這個時候的這種消息；她在舉世慶祝休戰聲中，迷迷糊糊過了好些日子。後來逛意大利，便是解悶兒去的。她那時甚至於該領的卹金，無心也不忍去領——等到限期已過，卽使要領，可也不成了。

小姐現在是她唯一的親人；她就爲這個女孩子活着。早晨一塊兒拾掇拾掇屋子，吃完了早飯，一塊兒上街散步，回來便坐在飯廳裏，說說話，看看通俗小說，就過了一天。晚上睡在一屋裏。一星期也同出去看一兩回電影。小姐大約有二十四五了，高個兒，總在五英尺十寸左右；蟹殼臉，露牙齒，臉上倒是和和氣氣的。愛笑，說話也天眞得像個十二三歲小姑娘。先生死後，他的學生愛利斯（Ellis）很愛歇卜士太太，幾次想和她結婚，她不肯。愛利斯是個傳記家，有點小名氣。那囘詩人德拉梅在倫敦大學院講文學的創造，曾經提到他的書。他很高興，在歇卜士太太晚餐桌上特意說起這個。但是太太說他的書乾燥無味，他送來，她們只翻了三五頁就擱在一邊兒了。她說最恨貓怕狗，連書上印的狗都怕，愛利斯却養着一大堆。她女兒最愛電影，愛利斯却瞧不起電影。她的不嫁，怎麼窮也不嫁，一半爲了女兒。

這房子招徠住客，遠在歇卜士先生在世時候。那時只收一個人，每日供早晚兩餐，連宿費每星期五磅錢，合八九十元，夠貴的。廣告登出了，第一個來的是日本人，他們答應下了。第二天又來了個西班牙人，却只好謝絕了。從此住這所房的總是日本人多；先生死了，住客多了，後來竟有「日本房」的名字。這些日本人有一兩個在外邊有女人，有一個還讓女人騙了，他們都囘來在飯桌上報告，太太也同情的聽着。有一囘，一個人忽然在飯桌上談論自由戀愛，而且似乎是衝着小姐說的。這一來太太可動了氣。飯後就告訴那個人，請他另外找房住。這個人走了，可是日本人有個俱樂部，他大約在俱樂部裏報告了些什麽，以後日本人來住的便越過越少了。房間老是空着，太太的積蓄早完了；還只能在房子上打主意，這才抵押了出去。那時自然盼望贖囘來，可是日子一天一天過去，情形並不見好。房子終於標賣，而且聖誕節後不久，便賣給一個猶太人了。她想着年頭不景氣，房子且沒人要呢，那知猶太人到底有錢，竟要了去，經理人限期讓房。快到期了，她直說來不及。經理人又向法院告訴，法院出傳票教她去。她去了，女兒攙扶着；她從來沒上過堂，法官說欠錢不讓房，是要坐牢的。她又氣又怕，幾乎昏倒在堂上；結果只得答應了加緊找房。這種種也都是爲了女兒，她可一點兒不悔。

她家裏先後也住過一個意大利人，一個西班牙人，都和小姐做過愛；那西班牙人並且和小姐定過婚，後來不知怎樣解了約。小姐倒還惦着他，說是「身架眞好看」！太太却說，「那是個壞傢伙」！後來似乎還有個「壞傢伙」，那是太太搬到金樹臺的房子裏才來住的。他是英國人，叫凱德，四十多了。先是作公司兜售員，沿門兜售電氣掃除器爲生。有一天撞到太太舊宅裏去了，他要表演掃除器給太太看，太太攔住他，說不必，她沒有錢；她正要賣一批傢具，老賣不出去，煩着呢。凱德說可以介紹一家公司來買；那一晚太太很高興，想着他定是個大學畢業生。沒兩天，果然介紹了一家公司，將傢具買去了。他本來住在他姊姊家，却搬到太太家來了。他沒有薪水，全靠兜售的佣金；而電氣掃除器那東西價錢很大，不容易脫手。所以便乾擱起來了。這個人只是個買賣人，不是大學畢業生。大約窮了不止一天，他有個太太，在法國給人家看孩子，沒錢，接不回來；住在姊姊家，也因爲窮，讓人家給請出來了。搬到金樹臺來，起初整付了一回房飯錢，後來便零碎的半欠半付，後來索性付不出了。不但不付錢，有時連午飯也要叨光。如是者兩個多月，太太只得將他趕了出去。回國後接着太太的信，才知道小姐却有點喜歡凱德這個「壞蛋」，大約還跟他來往着。太太最提心這件事，小姐是她的命，她的命決不能交在一個「壞蛋」手裏。

小姐在芬乞來路時，教着一個日本太太英文。那時這位日本太太似乎非常關心歇卜士家住着的日本先生們，老是問這個問那個的；見了他們，也很親熱似的。歇卜士太太瞧着不大順眼，她想着這女人有點兒輕狂。凱德的外甥女有一回來了，一個摩登少女。她照例將手絹掖在襪帶子上，去拿出來用時，讓太太看在眼裏。後來背地裏議論道，「這多不雅相」！太太在小事情上是很敏銳的。有一晚那愛爾蘭女僕端菜到飯廳，沒有戴白帽沿兒。太太很不高興，告訴我們，這個侮辱了主人，也侮辱了客人。但那女僕是個社會主義的貪婪的人，也許匆忙中沒想起戴帽沿兒；壓根兒她怕就覺得戴不戴都是無所謂的。記得那回這女僕帶了男朋友到金樹臺來，是個失業的工人。當時剛搬了家，好些零碎事正得一個人。太太便讓這工人幫幫忙，每天給點錢。這原是一舉兩得，各相情願的。不料女僕卻當面說太太揩了窮小子的油。太太聽說，簡直有點莫名其妙。

太太不上教堂去，可是迷信。她雖是新教徒，可是有一回丟了東西，却照人家傳給的法子，在家點上一枝蠟，一條腿跪着，口誦安東尼聖名，說是這麼着東西就出來了。拜聖者是舊教的花樣，她却不管。每回作夢，早餐時總翻翻占夢書。她有三本占夢書；有時她笑自己，三本書說的都不一樣，甚至還相反呢。喝碗茶，碗裏的茶葉，她也愛看；看像什麼字頭，便知是姓什麼的來了。她並不盼望訪客，她是在盼望住客啊。到金樹臺時，前任房東太太介紹一位英國住客繼續住下。但這位半老的住客却嫌客人太少，女客更少，又嫌飯桌上沒有笑，沒有笑話；只看歇卜士太太的獨角戲，老母親似的嘮嘮叨叨，總是那一套。他終於託故走了，搬到別處去了。我們不久也離開英國，房子於是乎空空的。去年接到歇卜士太太來信，她和女兒已經作了人家管家老媽了；「維多利亞時代」的上流婦人，這世界已經不是她的了。

緣緣堂隨筆　豐子愷著　〇・四〇

緣緣堂再筆　豐子愷著　〇・五五

貓與短簡　靳以著　〇・五五

燈下集　施蟄存著

城下集　蹇先艾著

看人集　師陀著　〇・四五

江湖集　師陀著　〇・四五

寫在人生邊上　錢鍾書著　〇・三〇

灌木集　李廣田著　〇・九〇

關於女人　冰心著　〇・五五

魯彥散文集　魯彥著　〇・七〇

秦牧雜文　秦牧著　〇・五五

詩

北望集　馬君玠著　〇・九五

烙印　臧克家著　〇・四〇

戲劇

梁紅玉　顧仲彝著　〇・七〇

花木蘭　周貽白著　〇・五〇

春雷　吳天著　〇・六五

清明前後　茅盾著　〇・七〇

恨海　柯靈著　〇・四〇

無獨有偶　吳天著　〇・五五

批評

詩的藝術　李廣田著　〇・五〇

開明書店印行

以上各書定價均照同業規定倍數發售